AF357786

*10 Juin 1897*

# VENTE DU JEUDI 10 JUIN 1897

### HOTEL DROUOT, SALLE N° 11

*à deux heures*

---

# SCULPTURES

## EN TERRE CUITE, MARBRE, PIERRE ET BOIS

## PEINTURES

### DU MOYEN AGE ET DE LA RENAISSANCE

Provenant de la Collection de feu M. Courajod

## PORCELAINES ET FAIENCES

## MEUBLES, RIDEAUX, OBJETS VARIÉS

### BIJOUX

*Appartenant à divers*

---

## EXPOSITION PUBLIQUE

### LE MERCREDI 9 JUIN 1897

DE 1 HEURE 1/2 A 5 HEURES 1/2

---

| COMMISSAIRE-PRISEUR | EXPERTS |
|---|---|
| **Mᵉ PAUL CHEVALLIER** | **MM. MANNHEIM Père et Fils** |
| 10, rue Grange-Batelière, 10 | 7, rue Saint-Georges, 7 |

D.C. 412

IMPRIMERIE DEI ART

# CONDITIONS DE LA VENTE

---

Elle sera faite au comptant.

Les acquéreurs paieront *cinq pour cent* en sus des adjudications.

L'exposition mettant le public à même de se rendre compte de l'état et de la nature des objets, il ne sera admis aucune réclamation une fois l'adjudication prononcée.

Paris. — Imp. de l'Art, E. Moreau et C<sup>ie</sup> 41, rue de la Victoire

# DÉSIGNATION DES OBJETS

---

## OBJETS PROVENANT
## DE LA COLLECTION DE FEU M. COURAJOD

---

### TERRES CUITES

1 — Bas-relief de forme ronde, en terre cuite : la Vierge
tenant l'Enfant Jésus et entourée d'anges, par Luca della
Robbia. xvᵉ siècle. M. E. Molinier le cite dans son livre
sur les Robbia, ainsi que M. Allan Marguand dans un
article intitulé : *Some impublished monuments by Luca
della Robbia,* paru dans l'*American Journal of archeology,*
1893-94, vol. VIII et IX, qui en donne en outre la repro-
duction.

2 — Haut relief en terre cuite : saint Sébastien, vu à mi-
corps. Travail italien, xviᵉ siècle.

3 — Bas-relief en terre cuite peinte : la Vierge embrassant
l'Enfant Jésus.

# SCULPTURES

## EN MARBRE, ALBATRE ET PIERRE

4 — Sarcophage en mar re sculpté en bas-relief, à décor
d'amours portant des trophées de style antique et reliés
par des guirlandes de fruits et de fleurs. Travail florentin
de la fin du xv^e siècle.

Il a été transformé en siège au moyen d'une banquette
à dossier en marqueterie de bois de couleur, dite Tarsia,
ornée d'amours et de guirlandes de fleurs. Travail italien
de la fin du xv^e siècle. — Long., 1 m. 95 cent.

5 — Fragment de forme carrée en marbre blanc, décor de
palmettes et d'écussons dont un aux armes des Médicis.
Travail florentin, fin du xv^e siècle.

6 — Statuette en marbre tendre blanc : personnage vêtu
d'une ample draperie, les jambes écartées. École mila-
naise, xvi^e siècle.

7 — Groupe en marbre blanc : la Vierge, assise, soutient
d'une main l'Enfant Jésus debout sur ses genoux et de
l'autre un livre. xvi^e siècle.

8 — Tête d'Apollon, en marbre blanc, les cheveux longs,
retenus par un bandeau. Travail antique.

9 — Deux petites têtes antiques : Vénus et homme barbu,
placées chacune dans une niche circulaire à cannelures
rayonnantes ; marbre blanc.

10 — Six petites têtes variées en marbre et albâtre de
diverses époques.

11 — Huit fragments d'inscriptions latines antiques sur marbre.

12 — Statuette-applique en albâtre : saint Antoine debout, tenant d'une main un livre, de l'autre un bâton. XIV<sup>e</sup> siècle.

13 — Bas-relief sans fond : la Vierge portant l'Enfant Jésus, en albâtre, avec traces de dorure. XIV<sup>e</sup> siècle.

14 — Statuette en albâtre : la Vierge debout; le corps de l'Enfant Jésus qu'elle tenait manque. XV<sup>e</sup> siècle.

15 — Chapiteau en pierre sculptée, à décor de feuillages. Époque romane.

16 — Groupe en pierre : la Vierge assise sur un siège à dossier élevé et tenant, sur le genou gauche, l'Enfant Jésus. Fin du XIII<sup>e</sup> siècle.

17 — Statuette en pierre de personnage debout, vêtu d'un ample manteau, la tête entièrement couverte par un chaperon. France, XIV<sup>e</sup> siècle.

18 — Statuette en pierre sculptée : saint Sébastien debout, lié à l'arbre. Fin du XV<sup>e</sup> siècle.

19 — Deux pièces : fragment de bas-relief en pierre peinte : partie inférieure du corps d'un moine assis ; XVI<sup>e</sup> siècle, et petit lion en albâtre, du XV<sup>e</sup> siècle.

20 — Deux pièces en pierre peinte : fragment de tête de moine, XVI<sup>e</sup> siècle, et petite tête de femme, le front ceint d'une couronne, les cheveux longs. Commencement du XV<sup>e</sup> siècle.

21 — Groupe en pierre : Pieta. Flandres, XV<sup>e</sup> siècle.

22 — Groupe en pierre : la Vierge debout tenant l'Enfant Jésus dans ses bras; amples vêtements drapés, avec corsage décolleté. Flandres. Fin du XV$^e$ siècle.

23 — Haut-relief sans fond en pierre peinte : la Vierge, vue à mi-corps, tenant l'Enfant Jésus. École florentine de la fin du XV$^e$ siècle.

24 — Fragment de haut-relief en pierre : amour et rinceaux. Italie, fin du XV$^e$ siècle.

25 — Tête de Christ en pierre peinte. XV$^e$ siècle.

26 — Statuette en pierre peinte de chérubin debout, la tête levée, vêtu d'une ample draperie. XV$^e$ siècle.

27 — Fragment de frise en pierre : corbeille de fruits et amour. Italie, fin du XV$^e$ siècle.

28 — Bas-relief en pierre : écusson armorié tenu par deux chimères. Italie, XVI$^e$ siècle.

29 — Bas-relief en pierre peinte : la Vierge en adoration devant l'Enfant Jésus emmailloté. Travail italien. Cadre en bois à pilastres.

## BOIS SCULPTÉS

30 — Fragment de bas-relief en bois sculpté : la Vierge portant l'Enfant Jésus; draperies à nombreux plis. France, XIII$^e$ siècle.

31 — Bas-relief sans fond en bois sculpté et peint: personsonnage debout, portant l'armure et tenant une petite église sur la main gauche. France, fin du XIV$^e$ siècle.

32 — Statuette en bois sculpté : saint Laurent debout. Fin du XIV<sup>e</sup> siècle.

33 — Haut-relief en bois sculpté : la Résurrection. Flandres, fin du XV<sup>e</sup> siècle.

34 — Haut-relief sans fond en bois sculpté : sainte Madeleine aux pieds du Christ ; composition de quatre personnages. XIV<sup>e</sup> siècle.

35 — Statuette-applique en bois peint : ange debout tenant un calice. Italie, fin du XV<sup>e</sup> siècle.

36 — Deux consoles-appliques variées en bois sculpté, présentant chacune un écusson tenu par un angelot ; l'un des écussons chargé d'une crosse d'évêque. XV<sup>e</sup> siècle.

37 — Fragment de bas-relief en bois sculpté : ange debout drapé à l'antique. Commencement du XVI<sup>e</sup> siècle.

38 — Groupe en bois sculpté, avec traces de peinture : la Vierge tenant l'Enfant Jésus sur les genoux. Flandres, XVI<sup>e</sup> siècle.

39 — Statuette en bois sculpté, peint et doré : sainte femme debout, les cheveux retombant en boucles sur les épaules, vêtue d'un corsage décolleté et d'une ample jupe drapée. Flandres, commencement du XVI<sup>e</sup> siècle.

40 — Haut-relief en bois sculpté : fragment d'un calvaire ; composition de huit personnages en riches costumes. Flandres, commencement du XVI<sup>e</sup> siècle.

41 — Frise en chêne sculpté : Pieta, lapidation de saint Étienne et martyre de saint Sébastien. Allemagne, XVI<sup>e</sup> siècle.

42 — Bas-relief en bois peint et doré : la Vierge vue à mi-jambes, tenant l'Enfant Jésus. xvi^e siècle.

43 — Fragment de chapiteau d'ordre corinthien en bois doré. xvi^e siècle.

44 — Deux colonnes en bois.

## PEINTURES, OBJETS VARIÉS

45 — École italienne primitive. La Vierge vue à mi-corps, tenant l'Enfant Jésus. Peinture sur panneau.

46 — École primitive italienne. Saint Pierre et saint Blaise. Peinture sur panneau.

47 — École italienne. Sainte Famille. Peinture sur panneau.

48 — École flamande. La Résurrection, Fin du xv^e siècle. Peinture sur panneau. Au revers, les emblèmes de la Passion et deux bustes de personnages.

49 — Bas-relief en stuc peint et doré : la Vierge vue à mi-corps, tenant l'Enfant Jésus; au second plan, des candélabres. Travail florentin, xvi^e siècle. Encadré.

50 — Bas-relief en pâte peinte : la Vierge assise, tenant l'Enfant Jésus sur ses genoux. Travail florentin, xvi^e siècle. Cadre en bois peint à pilastres.

51 — Bas-relief en pâte coloriée : la Vierge allaitant l'Enfant Jésus. Travail italien, xvi^e siècle.

52 — Devant de coffre en bois et pâte dorés : personnages et centaures de style antique, et écussons. Italie, xvi^e siècle.

53 — Fragment de jambe de cheval en bronze.

# OBJETS APPARTENANT A DIVERS

## PORCELAINES ET FAIENCES

54 — Jardinière ovale en ancienne porcelaine de Chine, famille rose, à décor de fleurs ; anses mufles d'animaux chimériques.

55 — Bol en ancienne porcelaine de Chine, décor doré sur fond bleu.

56 — Compotier en ancienne porcelaine de Chine, réserves de fleurs sur fond bleu soufflé.

57 — Trois assiettes, dont deux creuses, à décor d'armoiries. Chine.

58 — Quatre tasses et quatre soucoupes en ancienne porcelaine de Chine, fleurs sur fond noir.

59 — Neuf bols et six soucoupes en ancienne porcelaine de Chine, à réserves de fleurs en blanc sur fond bleu vermiculé.

60 — Cinq bols et cinq soucoupes en ancienne porcelaine du Japon : fleurs.

61 — Deux grands plats en ancienne porcelaine de l'Inde, à décor de fleurs.

62 — Deux grands plats en ancienne porcelaine tendre de Tournay, à décor de fleurs en bleu.

63 — Deux plats en ancienne porcelaine de Saxe, à décor de fleurs.

64 — Deux plats à décor de fleurs et nervures gaufrées. Ginori.

65 — Grande jardinière obconique en ancienne faïence de Rouen, décor bleu à lambrequin.

66 — Lampe à gaz formée d'une potiche de Delft, à décor bleu de fleurs.

67 — Deux pièces : plateau, Marseille, fleurs, et petit plat, faïence allemande, genre Chine.

68-69 — Deux plaques variées, faïence allemande : personnages.

70 — Plateau à décor de fleurs émaillées violet manganèse. Delft.

71 — Soupière avec couvercle, à décor de fleurs, porcelaine de Capo di Monte.

72 — Deux cache-pot en ancienne porcelaine tendre de Sèvres, décorés chacun d'une zone de fleurettes avec ruban.

73 — Bouteille en ancienne porcelaine de Chine, décor bleu de branches fleuries ; col garni d'argent.

74 — Deux pièces : coupe ajourée, à décor d'insectes et d'oiseaux, faïence italienne, et plateau ovale ajouré, à décor d'armoiries, en faïence.

75 — Azulejo en faïence espagnole à reflets.

76 — Grand plat rond en ancienne faïence de Perse, décoré, au fond, d'un médaillon présentant un vase en jaune et des fleurs en bleu sur blanc. *(Vente Beurdeley.)*

77 — Bol en ancienne faïence de Perse, décoré de poissons.

78 — Bol en ancienne faïence de Perse, décor bleu de palmettes.

79 — Plaque de revêtement en faïence persane, à décor d'inscriptions en relief sur fond bleu chargé d'arabesques.

80 — Brique en incrustations de faïence polychrome, à décor d'inscriptions. Travail persan.

81 — Bassin en ancienne faïence de Rhodes, à décor de palmettes.

82 — Plat en ancienne faïence de Rhodes, à décor de branches fleuries.

83 — Plat en ancienne faïence de Rhodes, à décor de palmettes et fleurs.

84 — Plat creux en ancienne faïence de Manissès, décor à reflets métalliques : poisson et palmettes.

85 — Deux vases à décor de branches fleuries. Kutaya.

86 — Flacon piriforme en ancien grès fleurdelisé.

87 — Pot à anse, à décor de disques, en ancien grès ; couvercle en étain.

88 — Vingt et une assiettes, décor de fleurs, ancienne porcelaine de Vienne.

89 — Deux pièces : cornet de pharmacie, faïence italienne, feuillages en bleu, et vase à deux anses, faïence, décor de palmettes.

90 — Six pièces, faïence : plat rond, burette, porte-huilier avec burettes, bassin ovale, assiette, bassin oblong.

91 — Quatre pièces : bouteille, faïence hollandaise, décor bleu, style chinois ; tasse et soucoupe, Chine, décor bleu ; lampe en terre, de style antique, et écuelle, faïence, décor de fleurs.

92 — Deux perruches en céramique de style chinois.

## OBJETS VARIÉS

93 — Demi-armure Renaissance : armet, épaulières, pansière et cuissards articulés en fer uni.

94 — Hallebarde.

95 — Quatre pièces : pendentifs, bouton et breloque formée d'un chariot, bas or et argent.

96 — Trois cuillers hollandaises en argent.

97 — Deux pièces : très petite cafetière et petit violon en argent.

98 — Deux pièces : fourchette et couteau de poche.

99 — Montre avec chaîne en argent.

100 — Statuette de Bouddha debout en bois sculpté et doré. Travail japonais.

101 — Deux pièces : inro, décor doré, et netsuké en forme de chien de Fô, en laque du Japon.

102 — Écrin en cuir noir, contenant un couteau, une cuiller et une fourchette à manches de fer doré et argenté. xviiie siècle.

103 — Quatre pièces : cartel porte-montre, bois et bronze, xviie siècle, petite lampe juive en cuivre, verre orné d'écussons sur fond de rinceaux dorés, seau en bois garni de cuivre.

104 — Trois pièces : boîte ronde en ivoire, ornée d'une miniature, boîte longue persane et étui japonais en os.

105 — Triptyque en ivoire à sujets tirés de la vie du Christ.

106 — Bas-relief en plâtre teinté : combat.

107 — Petit modèle d'ancien canon en bronze, à décor de fleurs de lis, sur affût de bois.

108 — Bande de soie blanche brochée à fleurettes et lamée de métal.

109 — Trois carrés de damas, satin blanc et satin rouge brodés.

110 — Lustre hollandais à douze lumières.

111 — Lustre hollandais à six lumières.

112 — Petit plateau long en plaqué.

113 — Deux petites salières en argent, formées chacune de deux coquilles.

114 — Deux statuettes en bronze, de Fratin : personnages grotesques.

115 — Support en bronze à triple pied à volutes.

116 — Six pièces, bronze : deux bouquets de lumières, deux socles et deux collerettes.

117 — Socle en bronze de style rocaille.

118 — Deux pièces, verre de Bohême : bouteille à deux anses et buire.

119 — Paire de babouches en maroquin.

120 — Flambeau en cuivre gravé et ajouré, de style Louis XIII.

121 — Gravure : Portrait de M^{lle} Bourgoin. Encadrée.

122 — Coupe en verre de Venise incolore, décorée, au fond, d'un écusson armorié.

123 — Coffret à couvercle bombé couvert de velours vert ciselé, du XVI^e siècle.

124 — Caisse en bois incrusté d'ivoire, à décor d'arabesques.

## MEUBLES

125 — Deux fauteuils, de style Renaissance, en bois sculpté, dossier orné d'un buste.

126 — Fauteuil, à dossier lyre, en bois; siège de paille de couleur.

127 — Grand fauteuil en bois, couvert de cuir et clouté de cuivre.

128 — Meuble-vitrine en bois de rose, à deux portes vitrées placées au-dessus de deux portes pleines.

129 — Dressoir en bois sculpté, formé de panneaux gothiques et Louis XIII, et à colonnes torses.

# VENTE

*En vertu d'une ordonnance de M. le Président du Tribunal civil de la Seine en date du 27 Avril 1897, enregistrée.*

---

130 — Deux boutons d'oreilles formés chacun d'un gros brillant solitaire.

131 — Broche en forme de branche d'églantine avec marguerites, exécutée en diamants et roses.

132 — Broche ovale en or, ornée d'une miniature : portrait de jeune garçon.

133 — Boîte d'argenterie comprenant : une louche, vingt-quatre grands couverts et douze couteaux.

134 — Boîte d'argenterie comprenant : douze couverts à entremets, une cuiller à sucre, douze couteaux, douze couteaux à lames d'argent et dix-sept petites cuillers.

135 — Théière et pot à crème en ruolz.

136 — Buste en marbre blanc : Cléopâtre, signé : *E. del Panta, Florence.*

137 — Lampe à colonne en cuivre nickelé.

138 — Jardinière, céramique et bronze.

139 — Coupe, cristal et bronze.

140 — Grand buffet à deux corps, de style Henri II, en noyer sculpté, orné de statuettes en bas-relief et de colonnettes détachées.

141 — Table de salle à manger carrée, en noyer ciré, avec allonges.

142 — Dix chaises en noyer sculpté, couvertes en cuir gaufré et doré.

143 — Porte-manteau formé de panneaux gothiques en chêne sculpté.

144 — Banquette à haut dossier, formant coffre à bois, composée de panneaux en chêne sculpté.

145 — Petite table pliante en bois noir.

146 — Deux portières en ancienne soie brochée, à fleurs, montée sur panne rouge.

147 — Portière en soie brochée, à fleurs, montée sur velours vieux rose.

148 — Portière en soie rayée gris et rose, à grosses fleurs, montée sur peluche rouge.

149 — Deux portières en peluche verte.

150 — Deux lambrequins en peluche verte, décorés d'écussons brodés.

151 — Deux rideaux en peluche verte doublée en damas rose, avec lambrequin orné de broderies métalliques.

152 — Tablette de cheminée en peluche, avec bandeau de velours et applications de broderie.

www.ingramcontent.com/pod-product-compliance
Lightning Source LLC
LaVergne TN
LVHW021912180726
843502LV00008B/3045